DIE SCHIENENMENSCHEN

DIE JAGUAR-GANG

Text: David Chauvel
Zeichnung: Fred Simon
Farben: Brigitte Findakly

CARLSEN VERLAG

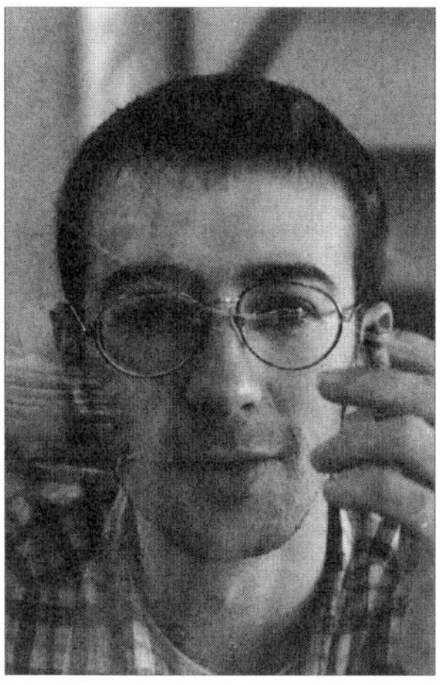

David Chauvel, Jahrgang 1969, zählt zur neuen Generation erfolgreicher französischer Comic-Autoren, deren Szenarios sich eher an der Rasanz des Kinos als an der Dramaturgie konventioneller Abenteuer-Comics orientieren. Nach ersten Kontakten zu einem Zeichenstudio in seiner Geburtsstadt Rennes begann er mit dem Schreiben von Comic-Szenarios. Seine zweite große Serie, »Die Kaltblütigen« (Zeichnungen von Erwan Le Saëc), erscheint ebenfalls bei Carlsen.

Fred Simon, 1967 in Dinan geboren, studierte an der Ecole d'Arts Plastiques in Rennes, bevor er gemeinsam mit Freunden ein Zeichenstudio gründete. Nach diversen Beiträgen in Anthologien und Comic-Magazinen liegt mit »Die Schienenmenschen« nun endlich ein eindrucksvoller Beweis seines Könnens vor.

Gedruckt auf chlorfrei gebleichtem Papier

CARLSEN COMICS
Lektorat: Uta Schmid Burgk, Andreas C. Knigge, Marcel Le Comte
1. Auflage Juni 1996

Aus dem Französischen von Gerd Benz
JAGUARS

Redaktion: Marcel Le Comte
Lettering: Michael Hau
Druck und buchbinderische Verarbeitung:
Stiewe GmbH Berlin

ISBN 3-551-72241-2
Printed in Germany

ALS DIE GANZE GESCHICHTE ANFING, WAR ICH NUR EIN DUMMER BULLE UND EIN DUMMER NEGER ...
WIE SPÄT IST ES?
1

ES IST GENAU 18 UHR 41... SIE MÜSSEN BALD HIER SEIN...
ZIGARETTE, Mr PEARSE?
SIE SIND NICHT SEHR GESPRÄCHIG... SIE HABEN ANGST, NICHT?
SIE KÖNNEN IMMER NOCH ZURÜCK, PEARSE!
VERSTEHE...
GUT, BEVOR ICH SIE VERLASSE, GESTATTEN SIE MIR, DASS ICH SIE NOCH EINMAL DARAN ERINNERE, DASS ES SICH UM EINE INFILTRATIONSMISSION HANDELT. DAS HEISST: SPIELEN SIE NICHT DEN HELDEN, DANN KLAPPT ALLES WIE VORGESEHEN. SIND WIR UNS EINIG?

SEHR GUT. DANN BLEIBT MIR NUR NOCH, IHNEN VIEL GLÜCK ZU WÜNSCHEN...
LEBEN SIE WOHL, PEARSE, UND VERGESSEN SIE NICHT...
SIE MELDEN SICH ALLE ZWEI TAGE PER FUNK, ZWISCHEN 19 UND 20 UHR. WENN NICHT...
...HALTEN WIR SIE FÜR TOT!
POLICE
ARSCHLOCH!
DER KLEINE SCHEISSER MOCHTE KEINE SCHWARZEN... UND EIN SCHWARZER BULLE... WAR FÜR IHN DAS LETZTE.
3

GENAU WIE DER, DER MICH IN DIESE LAGE GEBRACHT HATTE ...
...EIN RICHTIGES SCHWEIN.
MATT DAVIS
DOSSIER Nº1616
WOLF PEARS
DEPARTEMENT SPECIAL POLICE
AUF DEIN WOHL, NEGRO...
TOC TOC TOC
LIEUTENANT CLIFT IST DA, CAPTAIN...
SOLL REIN-KOMMEN.
4

WENN ER ES SCHAFFT, DURCH DIE TÜR ZU KOMMEN...
VERDAMMT, DAVIS, ICH HOFFE, SIE HABEN EINEN GUTEN GRUND, MICH HIERHER ZU BEORDERN, MITTEN IN MEINEM...
PEARSE IST UNTERWEGS!
SETZEN SIE SICH...
TUT MIR LEID, DAS MIT IHREM URLAUB...
ABER DIE OPERATION WURDE VORVERLEGT.
ICH LIESS SIE GLEICH BENACHRICHTIGEN, WEIL ICH DACHTE, ES WÜRDE IHNEN NICHT GEFALLEN...
...AUF DEN FAHRENDEN ZUG AUFZUSPRINGEN.

IN DIESEM AUGENBLICK HATTE ICH NICHT DIE GERINGSTE IDEE, WAS MICH ERWARTETE.
ALLES, WAS ICH ÜBER DIE JAGUARS WUSSTE, WAR, DASS SIE EINE DER GEFÜRCHTETSTEN UND ERFOLGREICHSTEN BANDEN DES LANDES WAREN ...
UND EINE DER GEFÄHRLICHSTEN... SOWEIT ICH WUSSTE, WAR ES NOCH NIEMANDEM GELUNGEN, KONTAKT AUFZUNEHMEN.
UND NUN HATTE ICH DEN UNANGENEHMEN EINDRUCK, DEN LOCKVOGEL SPIELEN ZU DÜRFEN...
EIN LOCKVOGEL, DER VON DEN WEISSEN VERACHTET UND VON DEN SCHWARZEN VERSTOSSEN WURDE... IN DER TASCHE EINE FAHRKARTE INS REICH DER REGENWÜRMER ...

6

DOCH WIE ICH SCHON SAGTE, WAR ICH DAMALS SO DUMM, WIE NUR EIN BULLE DUMM SEIN KANN...
...ALSO WAGTE ICH DEN SPRUNG.

8

UNSERE LEUTE HATTEN ES GESCHAFFT, IHR REKRUTIERUNGSNETZ ZU INFILTRIE-REN, UND SO WAR ICH NUN EINER, DER PIRAT WERDEN WOLLTE...
GEH DA REIN!
ICH KONNTE ES NICHT ERWARTEN, DIESE BERÜCHTIGTE BANDE AUS DER NÄHE ZU SEHEN...
ICH SOLLTE NICHT ENTTÄUSCHT WERDEN.
LOS! WEITER, WIR MÜSSEN NOCH DREI AUFSAMMELN...

STEHT AUF, NEGROS !!!
STEHT AUF, IHR SCHIMPANSEN ...
NA, IHR SCHEISSKERLE, SEID IHR IN FORM? KANN ES LOSGEHEN?
HA HA HA HA
IHR PLATZT BESTIMMT VOR NEUGIER, WAS JETZT PASSIERT, JA? IHR SEID SECHS, UND WIR BRAUCHEN DEN BESTEN UNTER EUCH!
JA, IHR KANNIBALEN! SECHS WENIGER EINS MACHT FÜNF! FÜNF WERDEN AUS DIESEM LOCH NICHT MEHR RAUSKOMMEN. UND DESHALB ...
... MÜSST IHR EUCH GEGENSEITIG UMBRINGEN, GANZ EINFACH!! HE HE HE! UND MEIN FREUND HIER GIBT EUCH DAS MITTEL DAZU!
LOS, IHR SCHWARZEN TEUFEL ...

10

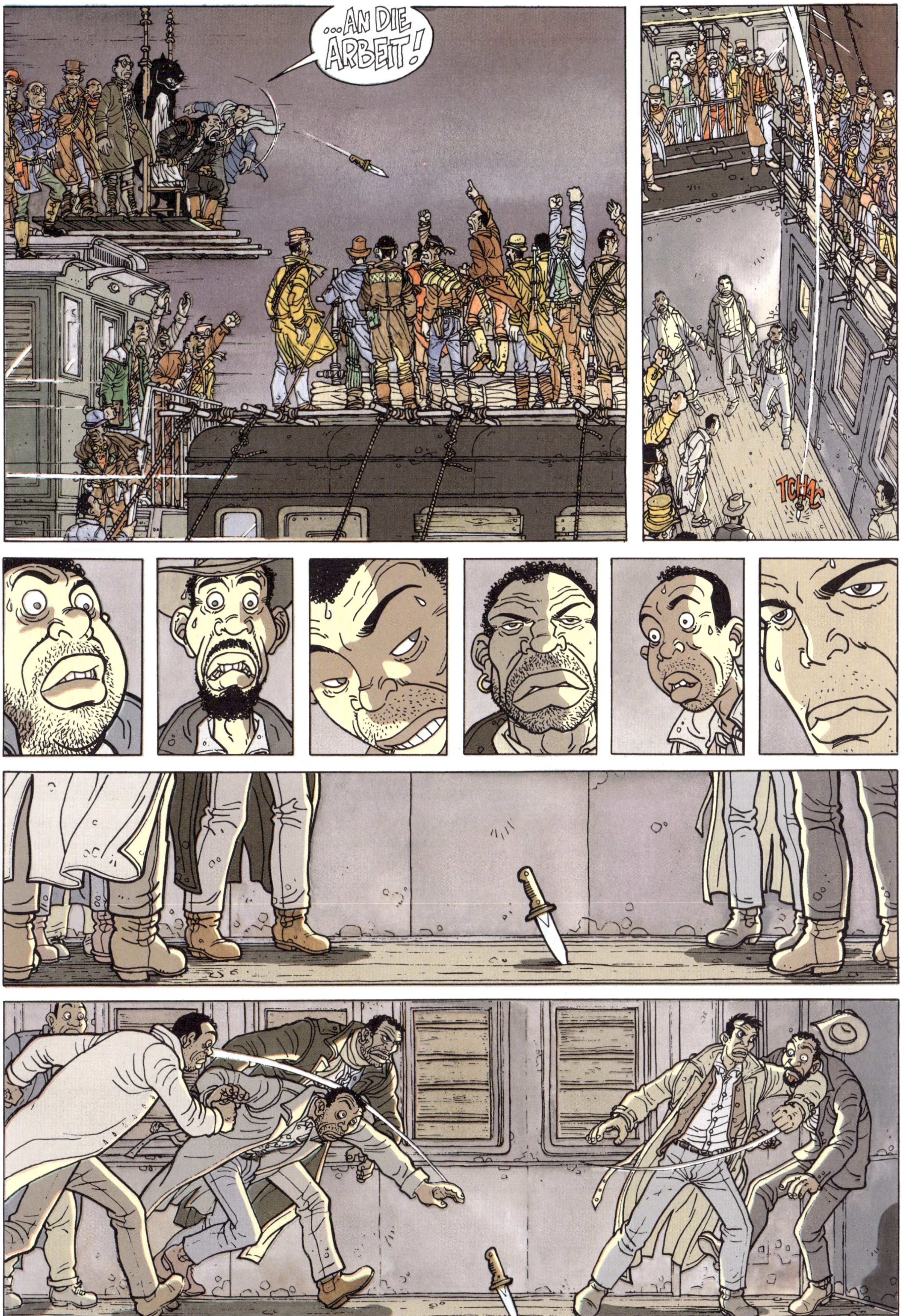
...AN DIE ARBEIT!
TCHAC
11

VON ANFANG AN HATTE ICH GEWUSST, DASS ES SICH ZWISCHEN IHM UND MIR ENTSCHEIDEN WÜRDE ...
12

UND ALS ES ZEIT WAR ZU HANDELN... FOLGTE ICH EINFACH MEINEM INSTINKT.
AH AHAH AH
CRAK
HA HA DAS WAR NICHT SCHLECHT!
13

FINDEN SIE?
HM...
ABER SO WIE ICH SIE KENNE, LASSEN SIE SICH NICHT SO LEICHT SCHLAGEN, DAVIS...
STIMMT...UND DAS IST AUCH GAR NICHT SO SCHWER, DENN SIE HABEN SCHWARZ!
MACHEN SIE NICHT SO EIN GESICHT. SIE WISSEN GENAU, WAS ICH DAMIT MEINE.
SIE GLAUBEN DOCH NICHT IM ERNST, DASS SCHWARZ AUCH NUR EINE CHANCE HAT, WEISS ZU SCHLAGEN!
14

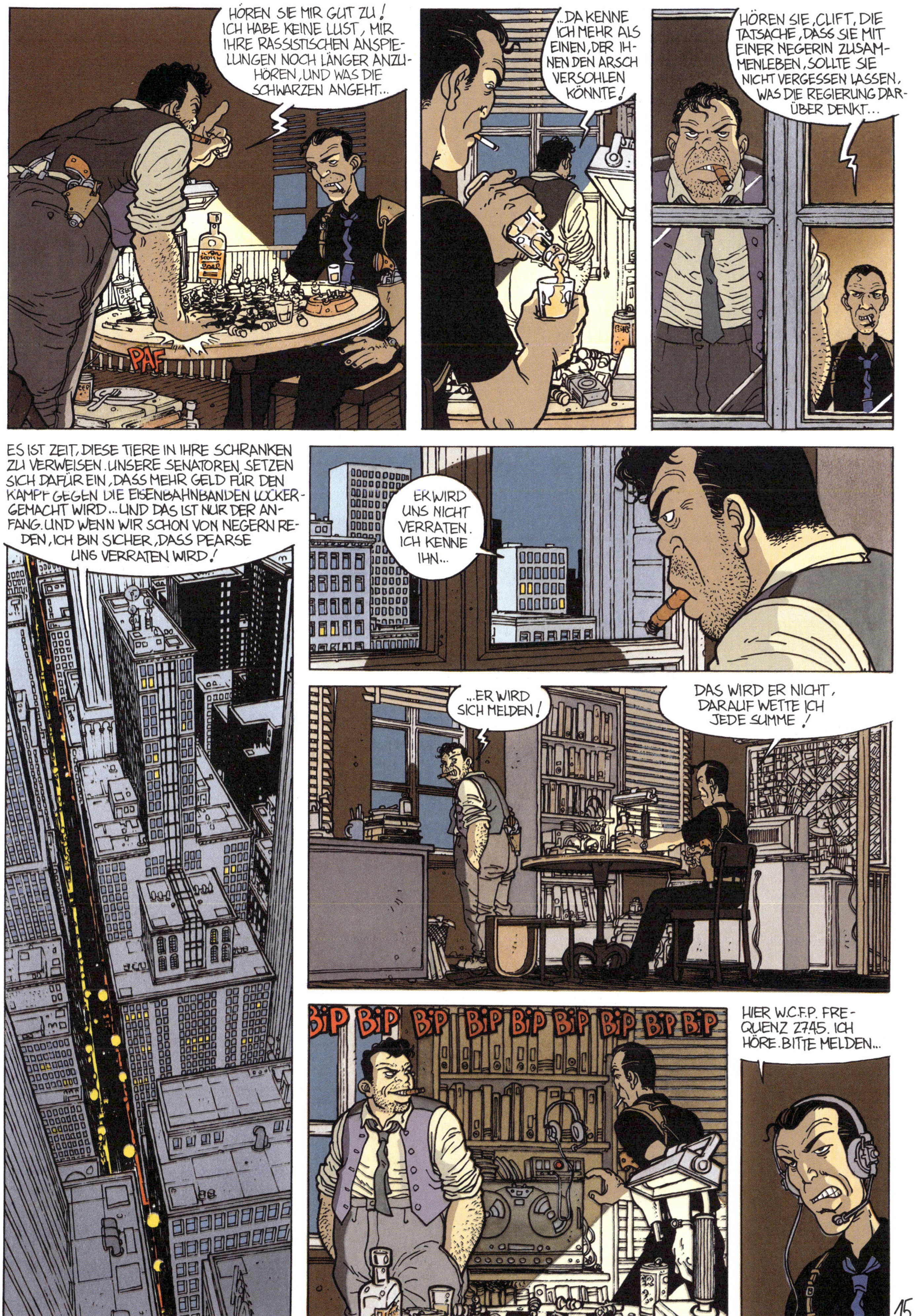
HÖREN SIE MIR GUT ZU! ICH HABE KEINE LUST, MIR IHRE RASSISTISCHEN ANSPIELUNGEN NOCH LÄNGER ANZUHÖREN, UND WAS DIE SCHWARZEN ANGEHT...
PAF
...DA KENNE ICH MEHR ALS EINEN, DER IHNEN DEN ARSCH VERSOHLEN KÖNNTE!
HÖREN SIE, CLIFT, DIE TATSACHE, DASS SIE MIT EINER NEGERIN ZUSAMMENLEBEN, SOLLTE SIE NICHT VERGESSEN LASSEN, WAS DIE REGIERUNG DARÜBER DENKT...
ES IST ZEIT, DIESE TIERE IN IHRE SCHRANKEN ZU VERWEISEN. UNSERE SENATOREN SETZEN SICH DAFÜR EIN, DASS MEHR GELD FÜR DEN KAMPF GEGEN DIE EISENBAHNBANDEN LOCKERGEMACHT WIRD... UND DAS IST NUR DER ANFANG. UND WENN WIR SCHON VON NEGERN REDEN, ICH BIN SICHER, DASS PEARSE UNS VERRATEN WIRD!
ER WIRD UNS NICHT VERRATEN. ICH KENNE IHN...
...ER WIRD SICH MELDEN!
DAS WIRD ER NICHT, DARAUF WETTE ICH JEDE SUMME!
BIP BIP BIP BIP BIP BIP BIP BIP BIP
HIER W.C.F.P. FREQUENZ 27.45. ICH HÖRE. BITTE MELDEN...
15

HIER W.P.S.A. NUMMER 248545 ZUM RAPPORT. BITTE MELDEN...
WIR EMPFANGEN SIE, W.P.S.A. WIE SIEHT ES AUS? BITTE MELDEN.
BIS JETZT LÄUFT ALLES WIE GEPLANT. ICH GEHÖRE JETZT ZUR BANDE. ICH SOLLTE VIELLEICHT EIN PAAR TAGE WARTEN, BEVOR ICH VERSUCHE, MEHR HERAUSZUBEKOMMEN. BITTE MELDEN...
VERSTANDEN, W.P.S.A. LIEUTENANT CLIFT WILL NOCH MIT IHNEN SPRECHEN.
HALLO WOLFIE, ALLES KLAR?
16

WOLF...WOLF,
ANTWORTE...WAS IST LOS, VERDAMMT NOCH MAL??
17

DAS WIRST DU MIR BÜSSEN, DU MISTKERL ...
18

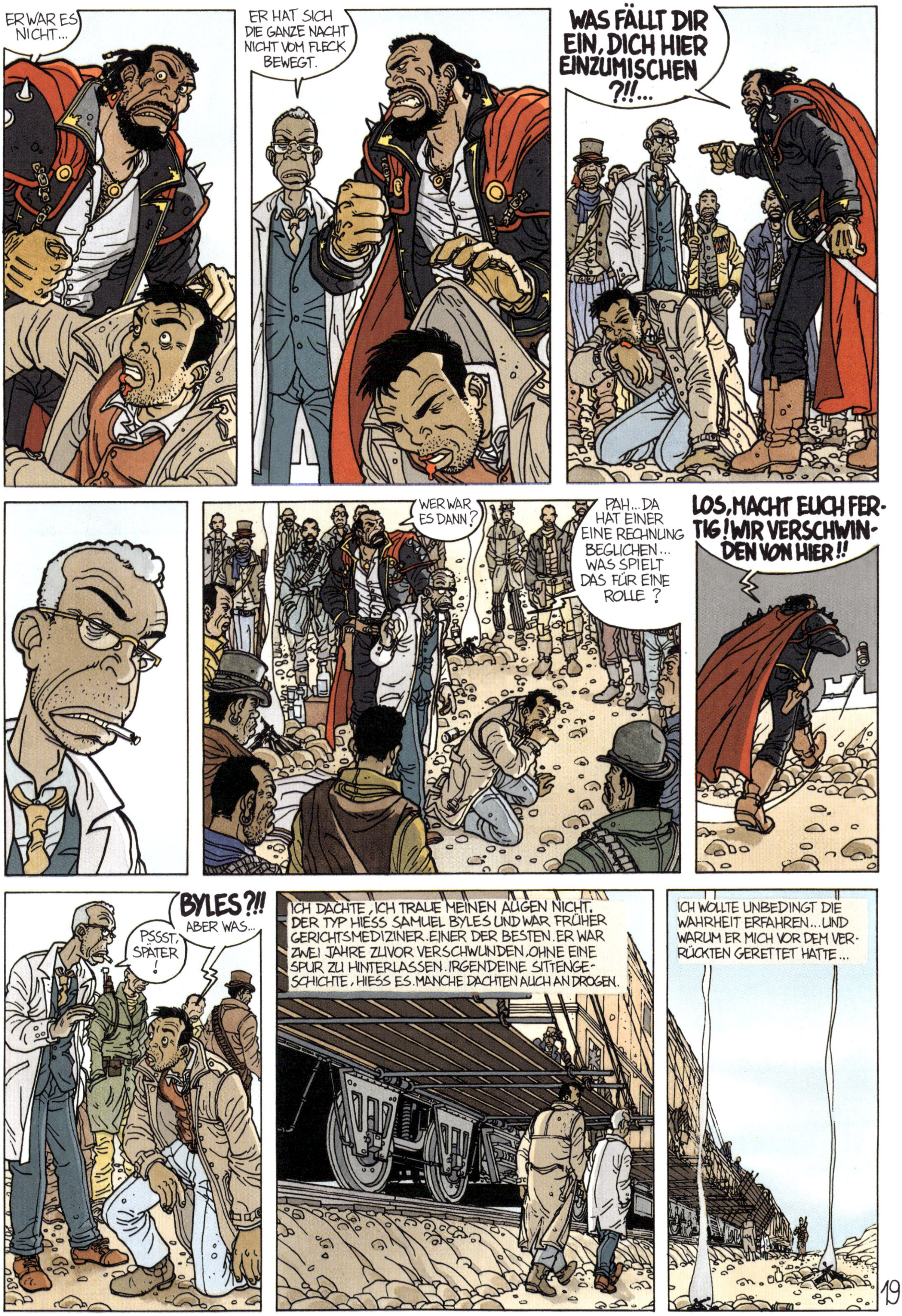
ER WAR ES NICHT...
ER HAT SICH DIE GANZE NACHT NICHT VOM FLECK BEWEGT.
WAS FÄLLT DIR EIN, DICH HIER EINZUMISCHEN ?!!...
WER WAR ES DANN ?
PAH... DA HAT EINER EINE RECHNUNG BEGLICHEN... WAS SPIELT DAS FÜR EINE ROLLE ?
LOS, MACHT EUCH FERTIG ! WIR VERSCHWINDEN VON HIER !!
BYLES ?!! ABER WAS...
PSSST, SPÄTER !
ICH DACHTE, ICH TRAUE MEINEN AUGEN NICHT. DER TYP HIESS SAMUEL BYLES UND WAR FRÜHER GERICHTSMEDIZINER. EINER DER BESTEN. ER WAR ZWEI JAHRE ZUVOR VERSCHWUNDEN, OHNE EINE SPUR ZU HINTERLASSEN. IRGENDEINE SITTENGESCHICHTE, HIESS ES. MANCHE DACHTEN AUCH AN DROGEN.
ICH WOLLTE UNBEDINGT DIE WAHRHEIT ERFAHREN... UND WARUM ER MICH VOR DEM VERRÜCKTEN GERETTET HATTE...
19

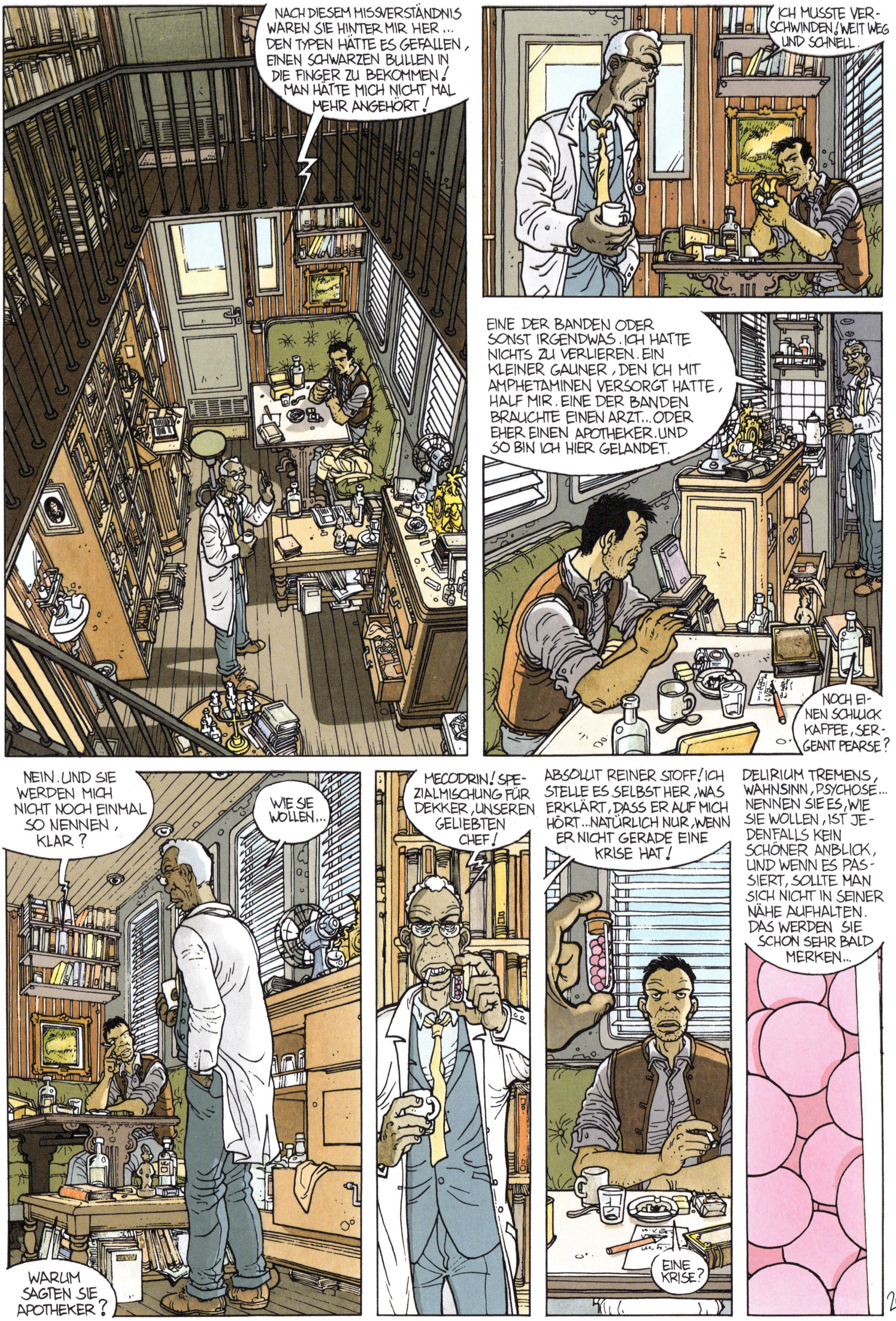

NACH DIESEM MISSVERSTÄNDNIS WAREN SIE HINTER MIR HER ... DEN TYPEN HÄTTE ES GEFALLEN, EINEN SCHWARZEN BULLEN IN DIE FINGER ZU BEKOMMEN! MAN HÄTTE MICH NICHT MAL MEHR ANGEHÖRT!
ICH MUSSTE VERSCHWINDEN! WEIT WEG UND SCHNELL.
EINE DER BANDEN ODER SONST IRGENDWAS. ICH HATTE NICHTS ZU VERLIEREN. EIN KLEINER GAUNER, DEN ICH MIT AMPHETAMINEN VERSORGT HATTE, HALF MIR. EINE DER BANDEN BRAUCHTE EINEN ARZT... ODER EHER EINEN APOTHEKER. UND SO BIN ICH HIER GELANDET.
NOCH EINEN SCHLUCK KAFFEE, SERGEANT PEARSE?
NEIN. UND SIE WERDEN MICH NICHT NOCH EINMAL SO NENNEN, KLAR?
WIE SIE WOLLEN...
WARUM SAGTEN SIE APOTHEKER?
MECODRIN! SPEZIALMISCHUNG FÜR DEKKER, UNSEREN GELIEBTEN CHEF!
ABSOLUT REINER STOFF! ICH STELLE ES SELBST HER, WAS ERKLÄRT, DASS ER AUF MICH HÖRT... NATÜRLICH NUR, WENN ER NICHT GERADE EINE KRISE HAT!
EINE KRISE?
DELIRIUM TREMENS, WAHNSINN, PSYCHOSE... NENNEN SIE ES, WIE SIE WOLLEN, IST JEDENFALLS KEIN SCHÖNER ANBLICK, UND WENN ES PASSIERT, SOLLTE MAN SICH NICHT IN SEINER NÄHE AUFHALTEN. DAS WERDEN SIE SCHON SEHR BALD MERKEN...

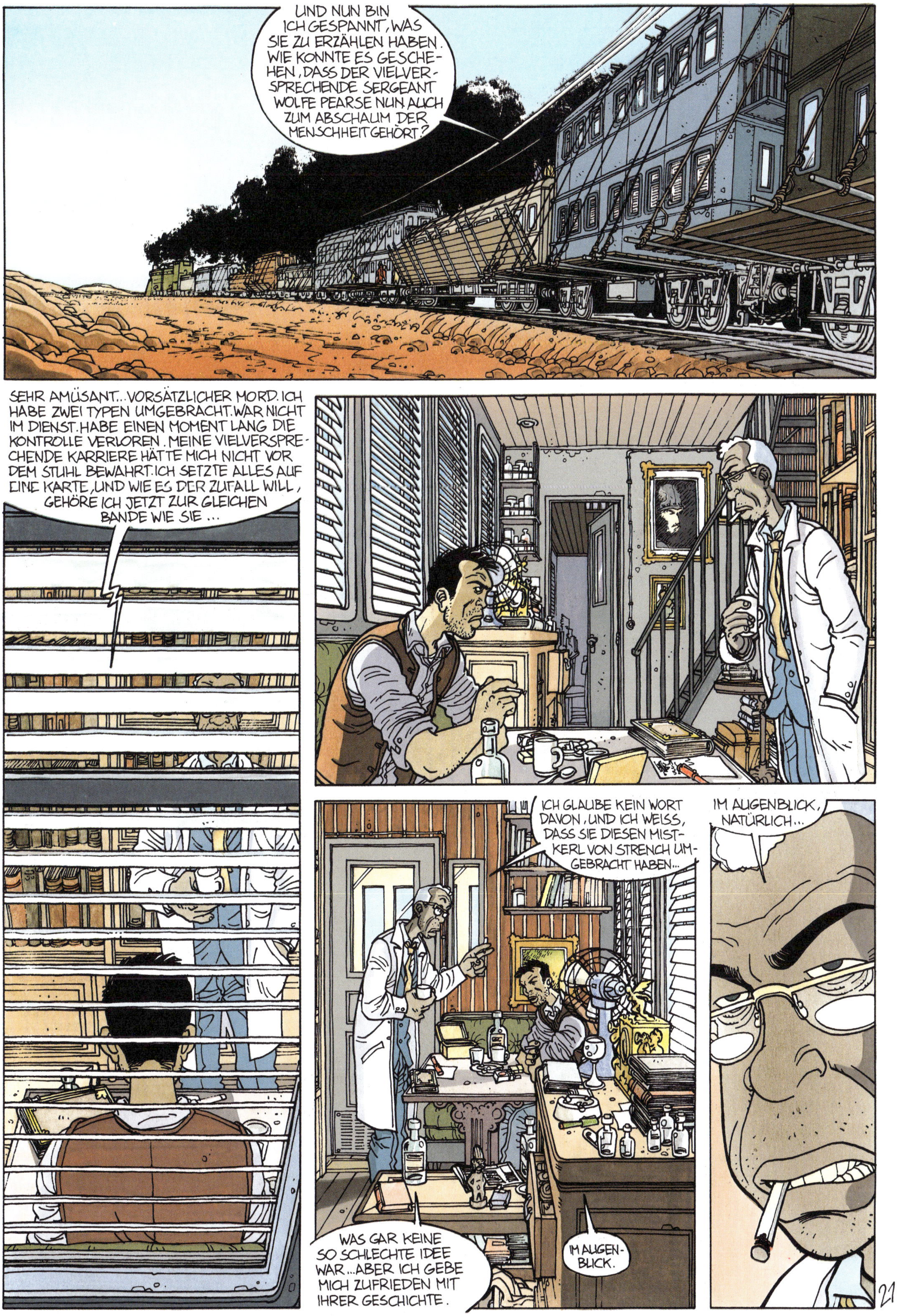
UND NUN BIN ICH GESPANNT, WAS SIE ZU ERZÄHLEN HABEN. WIE KONNTE ES GESCHEHEN, DASS DER VIELVERSPRECHENDE SERGEANT WOLFE PEARSE NUN AUCH ZUM ABSCHAUM DER MENSCHHEIT GEHÖRT?
SEHR AMÜSANT... VORSÄTZLICHER MORD. ICH HABE ZWEI TYPEN UMGEBRACHT. WAR NICHT IM DIENST. HABE EINEN MOMENT LANG DIE KONTROLLE VERLOREN. MEINE VIELVERSPRECHENDE KARRIERE HÄTTE MICH NICHT VOR DEM STUHL BEWAHRT. ICH SETZTE ALLES AUF EINE KARTE, UND WIE ES DER ZUFALL WILL, GEHÖRE ICH JETZT ZUR GLEICHEN BANDE WIE SIE ...
ICH GLAUBE KEIN WORT DAVON, UND ICH WEISS, DASS SIE DIESEN MISTKERL VON STRENCH UMGEBRACHT HABEN...
WAS GAR KEINE SO SCHLECHTE IDEE WAR... ABER ICH GEBE MICH ZUFRIEDEN MIT IHRER GESCHICHTE.
IM AUGENBLICK.
IM AUGENBLICK, NATÜRLICH...
21

SCHÖN, SCHÖN... WIE WÄRE ES JETZT MIT EINEM KLEINEN SPAZIERGANG?
ICH WERDE SIE EIN BISSCHEN HERUMFÜHREN.
UND SPÄTER SUCHEN WIR DANN EIN FREIES BETT FÜR SIE.
ICH DACHTE NICHT MEHR AN UNSER GESPRÄCH UND AN DIE ZUKUNFT MEINER MISSION, UM MICH AUF DIE ORGANISATION DES ZUGES ZU KONZENTRIEREN.
IM GEGENSATZ ZU DEM, WAS ICH VORHER GEHÖRT HATTE, WAREN SIE SEHR GUT ORGANISIERT. IHR ZUG GLICH EINER FESTUNG...
ICH SCHÄTZTE IHRE ZAHL AUF ETWA ZWEIHUNDERT MÄNNER UND WUSSTE, DASS ES MINDESTENS HUNDERT BANDEN IN DER GEGEND GAB...
DIE SCHLUSSFOLGERUNG WAR EINFACH: IM SÜDEN DES LANDES HERRSCHTE EINE RICHTIGE ARMEE...

DAS SIND DIE PRIVATRÄUME VON DEKKER. ICH HATTE NOCH NICHT DIE EHRE, SIE BESICHTIGEN ZU DÜRFEN...
OBWOHL ICH ES GERNE TUN WÜRDE.
UND DAS IST DAS HERZ DES KONVOIS, PEARSE...
DAS IST IKI DREAD, UNSER CHEFMECHANIKER, DER SIE KENNENLERNEN WILL...
ENDLICH BIST DU DA!!
23

SEHEN SIE, CAPTAIN, DIE ANGST MACHT MICH RICHTIG HUNGRIG. DIESE SCHRECKLICHEN PIRATEN VERSETZEN MICH SO IN PANIK, DASS ICH KEINE DIÄT HALTEN KANN...
ABER MEINE LIEBE, ICH HOFFE, DASS DU NICHT AN DER TÜCHTIGKEIT VON CAPTAIN EDWARDS MÄNNERN ZWEIFELST!!
CRONCH
IHRE GATTIN HAT GAR NICHT SO UNRECHT, MR. GRENNON. DIE REGIERUNG STELLT UNS NICHT GENÜGEND GELDER ZUR VERFÜGUNG. WIR MÜSSEN ÜBER WEITERE MITTEL VERFÜGEN KÖNNEN, WENN WIR DIESES PACK AUSROTTEN WOLLEN.
ES SCHEINT MIR DOCH, DASS DIE REGIERUNG GENUG UNTERNIMMT, UM...
O NEIN! BITTE KEINE POLITIK, MEINE HERREN. ICH DULDE ES NICHT, DASS SIE...
PANG
VOR-WÄRTS!
24

PAW PAN
PANG
PAW
BANG
PAN
PANG
KOMM MIT!
PANG
BAN
PAN
PAW
TA TAT
TA TA TA
PAW PAW

25

TATATAT
TATA
TATATA
TA
TATA
TATATATA
BANG
BANG
NA, JUNGE, WAS SAGST DU DAZU ?! WITZIG, WAS ?
ICH FASS ES NICHT!
UND SO WAR ES. DIESER ENTFESSELTE WAHNSINN, DIESE NACKTE GEWALT, EIN EINZIGES BLUTBAD... ALS BULLE HATTE ICH SCHON GENUG SCHRECKLICHES GESEHEN, ABER NIEMALS SO ETWAS WIE DAS.
KEIN ZWEIFEL, DIESE MÄNNER WAREN ENTSCHLOSSEN, DIE HÖLLE AUSBRECHEN ZU LASSEN, UND ICH MUSS ZUGEBEN, ICH FAND DIESES SPEKTAKEL...
TA-TATATA TATA TATA
FASZINIEREND...

26

DANKE, KLEI-NER! UND NICHTS FÜR UNGUT, JA?
LOS GEHT'S!! WIR NEHMEN MIT, WAS WIR BRAUCHEN KÖNNEN, UND DANN STECKEN WIR DAS DING IN BRAND!
ICH WILL ES DIE GANZE NACHT LANG BRENNEN SE-HEN, VERDAMMT!

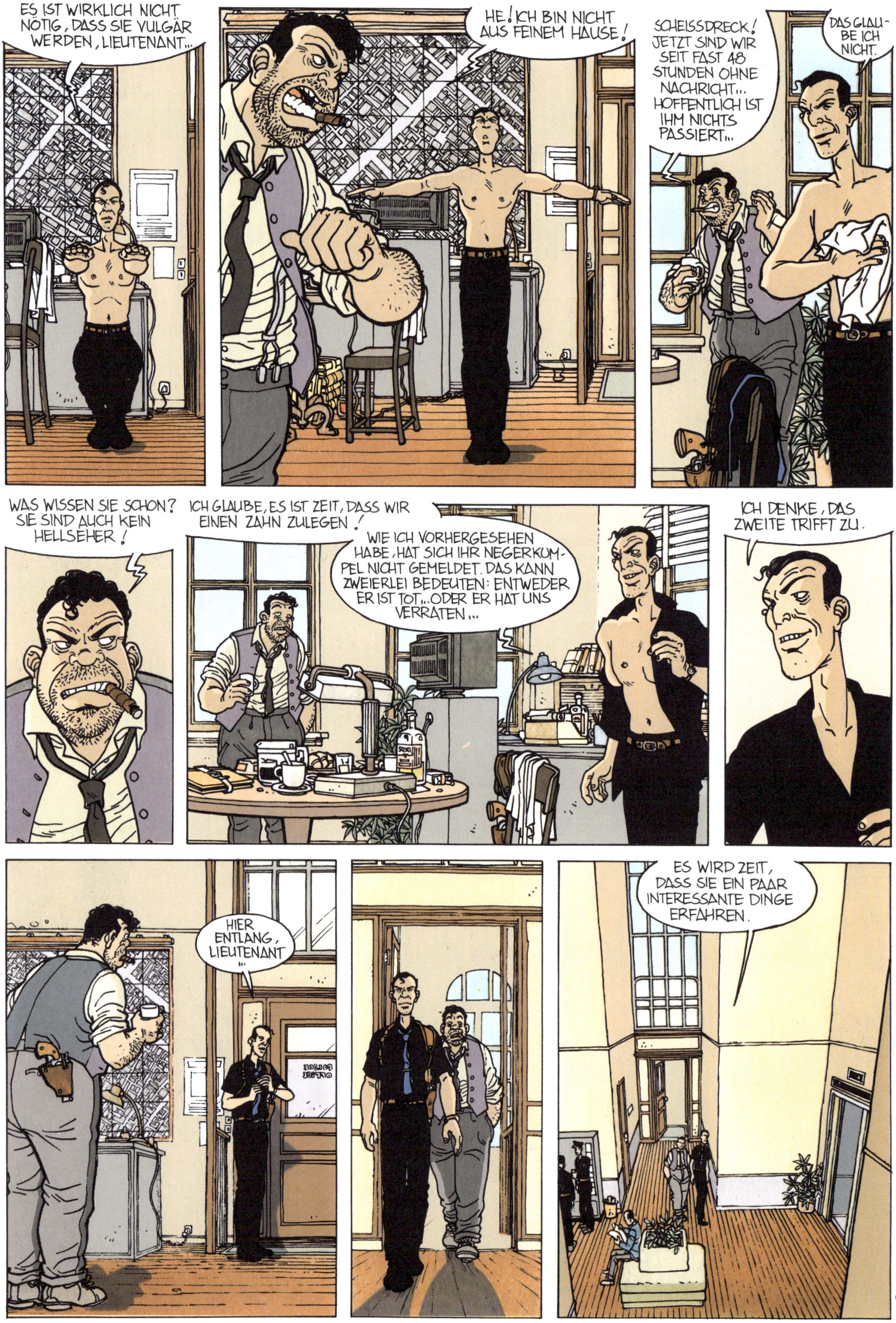
ES IST WIRKLICH NICHT NÖTIG, DASS SIE VULGÄR WERDEN, LIEUTENANT...
HE! ICH BIN NICHT AUS FEINEM HAUSE!
SCHEISSDRECK! JETZT SIND WIR SEIT FAST 48 STUNDEN OHNE NACHRICHT... HOFFENTLICH IST IHM NICHTS PASSIERT...
DAS GLAUBE ICH NICHT.
WAS WISSEN SIE SCHON? SIE SIND AUCH KEIN HELLSEHER!
ICH GLAUBE, ES IST ZEIT, DASS WIR EINEN ZAHN ZULEGEN!
WIE ICH VORHERGESEHEN HABE, HAT SICH IHR NEGERKUMPEL NICHT GEMELDET. DAS KANN ZWEIERLEI BEDEUTEN: ENTWEDER ER IST TOT... ODER ER HAT UNS VERRATEN...
ICH DENKE, DAS ZWEITE TRIFFT ZU.
HIER ENTLANG, LIEUTENANT...
ES WIRD ZEIT, DASS SIE EIN PAAR INTERESSANTE DINGE ERFAHREN.

28

WIE SIE SICH DENKEN KÖNNEN, HABE ICH PEARSE NIE RICHTIG VERTRAUT. DESHALB HABE ICH MIR DIE FREIHEIT GENOMMEN, IHN MIT EINEM SENDER AUSZUSTATTEN.
UND ZWAR IM ABSATZ SEINES SCHUHS, WENN SIE ES GENAU WISSEN WOLLEN.
GUTE ARBEIT, NICHTS ZU SEHEN. WICHTIG IST NUR, DASS ER AM LEBEN BLEIBT... UND DIE SCHUHE NICHT WECHSELT, VERSTEHT SICH. HE HE HE!
WAS ZUM GLÜCK NICHT PASSIERT IST... UNSERE LEUTE KÖNNEN DEN PIRATENZUG ALSO MÜHELOS LOKALISIEREN...
SIE SIND HIER!
UND WIR WERDEN SIE TANZEN LASSEN!
29

30

GUTEN ABEND, BRUDER...
KANN ICH MICH ZU DIR SETZEN ?
DIE NACHT IST SCHÖN NACH EINEM SIEG ! HÖR NUR, WIE DIE MÄNNER SINGEN... IST ES NICHT SO, DASS MAN ERST IM ANGESICHT DES TODES WEISS, WIE WERTVOLL DAS LEBEN IST ?
PAN
IN SOLCHEN AUGENBLIK-KEN BRAUCHT MAN KEINEN AL-KOHOL. DIE TATSACHE, DASS MAN NOCH LEBT, MACHT BETRUNKEN GENUG.
ACH JA, ICH HABE GANZ VERGESSEN, DASS DU EIN MENSCH BIST, DER AN DEN TOD GEWÖHNT IST...
WAS WILLST DU DAMIT SAGEN ?
„RICHTET NICHT, AUF DASS IHR NICHT GERICHTET WERDET, DENN GOTT WIRD EUCH RICHTEN, WIE IHR GE-RICHTET HABT."
31

„DAS MASS, DAS IHR ANWENDET, ANDERE ZU BEURTEILEN, IST AUCH DAS MASS, AN DEM IHR SELBST GEMESSEN WERDET!“
DAS SIND DIE WORTE DES HERRN, JUNGE, UND IHRE WEISHEIT IST GROSS.
DU DARFST DIESE MÄNNER NICHT VERURTEILEN. WEDER IHRE TRUNKENHEIT NOCH IHRE GEWALT, NOCH IHRE MORDE...
NICHT ÜBER ANDERE RICHTEN HEISST, NICHT ÜBER SICH SELBST ZU RICHTEN... DAS IST EINE EINSTELLUNG, DIE JEDER MENSCH ERLANGEN SOLLTE. ICH WERDE DIR HELFEN, WENN DIE ZEIT GEKOMMEN IST...
DOCH INZWISCHEN MUSST DU EINE ENTSCHEIDUNG FÄLLEN, UND DABEI KANN ICH DIR KEINEN RAT GEBEN...
AUF WIEDERSEHEN, KLEINER BRUDER.
32

IN DIESEM AUGENBLICK DACHTE ICH, ICH HÄTTE NOCH EINE WAHL.
PAW
PAN
ICH KONNTE AN IHREM PIRATENLEBEN TEILHABEN, MIT IHNEN GEWALT UND WAHNSINN LEBEN, OHNE HOFFNUNG AUF ERLÖSUNG ... ODER WEITERMACHEN.
ICH VERSTAND PLÖTZLICH, WAS MICH DAZU GETRIEBEN HATTE, DIESEN AUFTRAG ANZUNEHMEN. ICH WOLLTE DIESE MÄNNER KENNENLERNEN, DIE AURA VON SCHRECKEN UND GEHEIMNIS, DIE SIE UMGAB, DURCHDRINGEN.
WAS ICH GEFUNDEN HATTE, WAR NICHT SEHR ERFREULICH, WENIGSTENS NICHT FÜR EINEN WEISSEN. DOCH WAS MICH ANGEHT, HATTE MAN MIR EINFACH DIE MÖGLICHKEIT GEGEBEN ZU LEBEN.
EINE KARRIERE OHNE ZUKUNFT ALS BULLE UND EINE SELBSTMÖRDERISCHE MISSION, AN DER NICHTS GEHEIMNISVOLLES MEHR WAR ... ES WAR ALLES NUR SCHWINDEL ...
ICH HABE DIESE ENTSCHEIDUNG NIE BEREUT.

33

O NEIN, WIRKLICH NICHT!
AUSSERDEM BRAUCHEN SIE EINEN VERSORGUNGSSTÜTZPUNKT, UND WER WÄRE BESSER DAZU GEEIGNET, DEN ZU LEITEN, ALS ICH?
JA... WANN FAHREN WIR?
HM, SIE HABEN NOCH ETWA ZWEI STUNDEN ZEIT...
SIE WIRKEN NICHT SEHR ZUFRIEDEN, LIEUTENANT. DABEI WERDEN SIE DOCH VIELLEICHT IHREN FREUND PEARSE WIEDERSEHEN. ICH AN IHRER STELLE WÄRE STOLZ, DIESE OPERATION LEITEN ZU DÜRFEN!
SIE VERFÜGEN ÜBER EINE FEUERKRAFT, DER MAN NICHTS ENTGEGENSETZEN KANN, UND DIE MÄNNER SIND DIE BESTEN, DIE WIR HABEN.
ALLE VORBEREITUNGEN FÜR DEN ZUG UND DIE BEGLEITMANNSCHAFT WURDEN VON MIR PERSÖNLICH ÜBERWACHT.
34

NA, MEIN JUNGE! ALLES BEREIT FÜR DAS GROSSE FEUERWERK?!
JAWOHL!
WIR WERDEN DEN NEGROS EINHEIZEN, CAPTAIN!
SEHEN SIE, LIEUTENANT, KEIN GRUND ZUR SORGE! DER SCHLAG WIRD GELINGEN!
WENN DIESE BANDE ERST ELIMINIERT IST, BEKOMMEN WIR MEHR GELD, UND DANN BEGINNT EIN GROSSER KREUZZUG, DER DIESES LAND VOM UNGEZIEFER BEFREIT...
LIEUTENANT!!
WOHIN GEHEN SIE, LIEUTENANT?
MUSS MAL PINKELN!
VERSORGUNGSSTÜTZPUNKT, MEINE FRESSE!
35

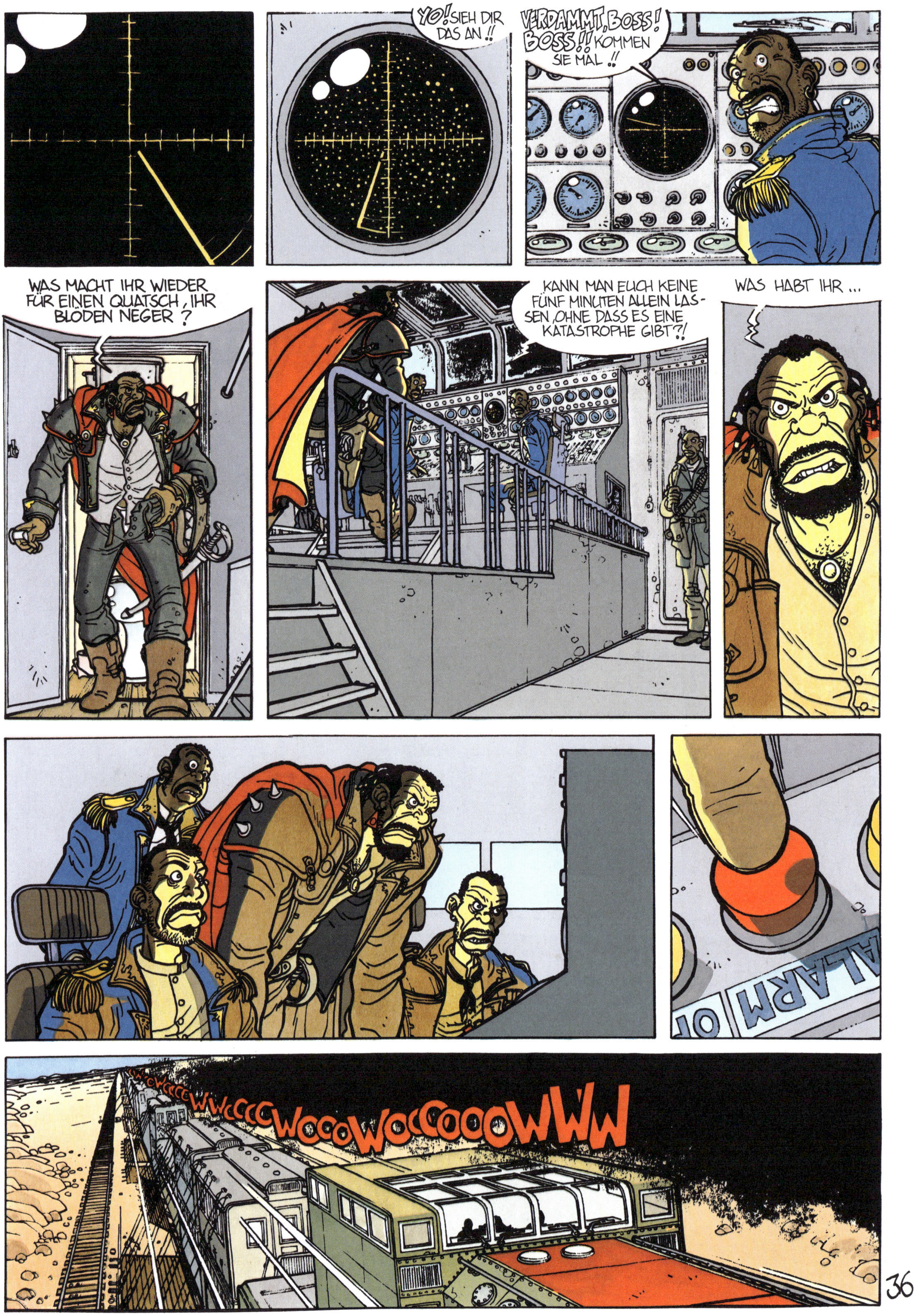
YO! SIEH DIR DAS AN !!
VERDAMMT, BOSS! BOSS!! KOMMEN SIE MAL !!
WAS MACHT IHR WIEDER FÜR EINEN QUATSCH, IHR BLÖDEN NEGER ?
KANN MAN EUCH KEINE FÜNF MINUTEN ALLEIN LASSEN, OHNE DASS ES EINE KATASTROPHE GIBT?!
WAS HABT IHR ...
ALARM
WWCCCWWCCCWCCOWCCCOOOWWW
36

WOOWWOOOOOWOOWWOOOOOOWWOOO
WAS HAT DAS ZU BEDEUTEN ?!
DAS IST DAS ERSTEMAL, DASS SO WAS PASSIERT. MEINER MEINUNG NACH BEDEUTET DAS: ZIEH DICH AN, NIMM DEINE KNARRE, UND MACH DICH AUF'NE BALLEREI GEFASST!!
VIELLEICHT EMPFANGEN WIR DIE SIGNALE EINES ANDEREN KONVOIS?
IDIOT! WIR SIND GERADE DESHALB HIER, WEIL SONST KEINER HIER SEIN KANN!
NEIN, ES MUSS ETWAS ANDERES SEIN, UND DAS GEFÄLLT MIR GAR NICHT!!
DAS GEFÄLLT MIR ÜBERHAUPT NICHT!!
37

BOOM
GEBT GAS, ER DARF UNS NICHT EINHOLEN !!!
ICH WEISS NICHT, WAS DAS FÜR TYPEN SIND ODER WIE SIE UNS AUFGESPÜRT HABEN, ABER SIE WERDEN WAS KRIEGEN FÜR IHR GELD !!

38

NOCH EIN PAAR METER... MACHT EUCH BEREIT, DIE MASCHINEN ZU STOPPEN!
POLICE
POLICE
NEIN DANKE. DAS IST NICHTS FÜR MICH... DA SIEHT MAN DEN GEGNER NICHT MEHR...
...ODER DIE KUGELN.
POLICE
POLICE
ALLES KLAR! FEUER!!
ANHALTEN! WIR MÜSSEN RAUS!!!
BOOM
39

CLIC
CLIC CLIC
CLIC CLIC
CLIC
CLIC CLIC CLIC
BANG
KABLAM
KABLAM
KABLAM
WANG
BOOM
PANG
PAW
PAW
BANG
PAN PAN
PAW
BANG
KABLAM
BOOM
KABLAM
KABLAM
KABLAM
PAN BANG
PAN
KABLAM
PAN
PAW
PAN
PAW

40

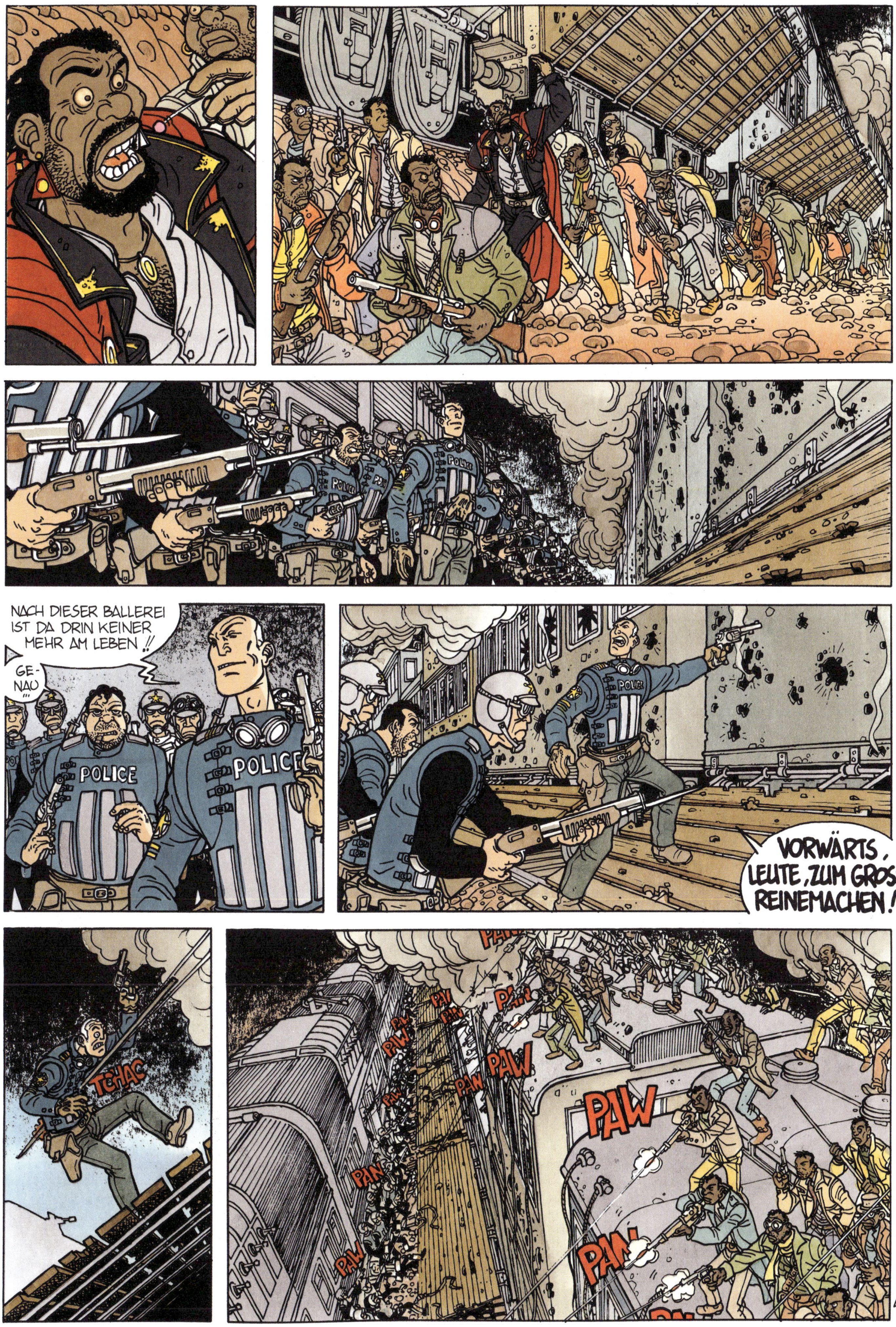
NACH DIESER BALLEREI IST DA DRIN KEINER MEHR AM LEBEN !!
GE-NAU !!!
VORWÄRTS, LEUTE, ZUM GROSS-REINEMACHEN!
TCHAC
PAW
PAN
PAW
PAN
PAW
PAN

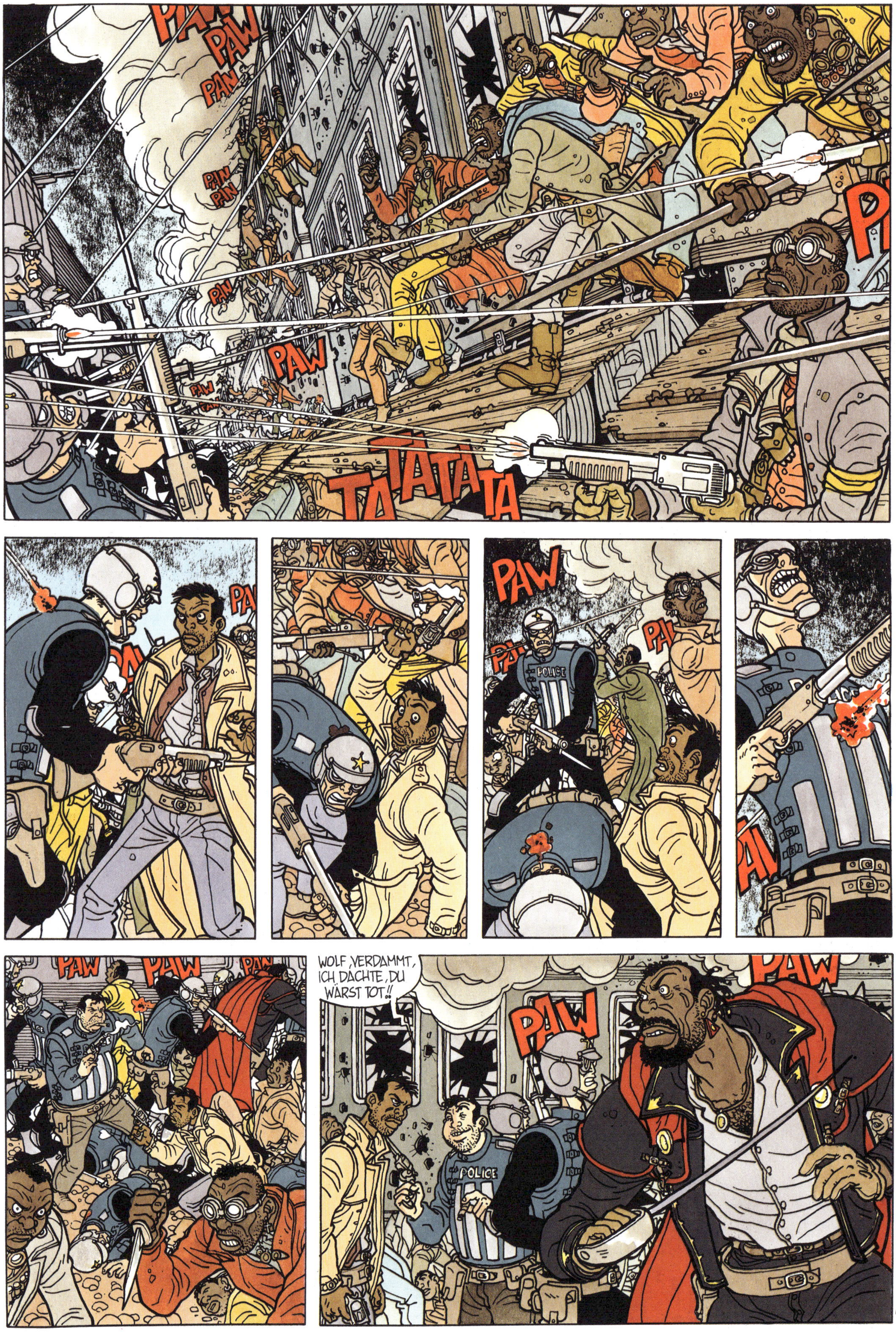

PAW
PAW
PAN
PAN PAN
PAW
PAW
TA TATATATA
PA
PAW
PA
PAW
PAW
PAW
WOLF, VERDAMMT, ICH DACHTE, DU WÄRST TOT!!
PAW
PAW

42

PAW
BANG
BANG
PAW
PAW
BANG
PAW
PAW
BANG
PAN
PAW
PAW
VERRÄTER!
DU KOMMST NICHT WEIT!
PAN
PAW
PAW
43

DOC! NUR EIN BISSCHEN WASSER!
WERFT DIE LEICHEN AUF EINEN HAUFEN. WILSON, KÜMMERE DICH DARUM... UND ICH WILL GUTE ARBEIT SEHEN... ETWAS SPEKTAKULÄRES!
KANN MIR EINER SAGEN, WO DREAD STECKT? DIE MASCHINEN MÜSSEN IN ZWEI STUNDEN WIEDER FUNKTIONIEREN. WIR VERSCHWINDEN SO SCHNELL WIE MÖGLICH VON HIER!
UND JETZT ZU DIR, JUDAS!
44

WARUM HAST DU UNS IN DEN TOD GEFÜHRT, DU HÖLLENHUND?
HEUTE SIND MEHR ALS SECHZIG BRÜDER GEFALLEN, UND ZWEIMAL SO VIELE SIND VERWUNDET. NOCH NIE HABEN WIR SO EINE NIEDERLAGE ERLEBT.
ALSO SAG MIR, WARUM... WARUM HAST DU UNS VERRATEN, WO WIR DICH DOCH ALS EINEN DER UNSEREN AUFGENOMMEN HABEN... REDE!
WAS HAST DU FÜR EIN BÖSES HERZ, DASS DU UNSEREN TOD WOLLTEST?
DU ANTWORTEST NICHT... FEIGLING. DU VERDIENST ES NICHT, SCHWARZ ZU SEIN, SO WENIG WIE DU EINEN PROZESS VERDIENST.
AAAAAA
ICH WERDE MEINE HÄNDE NICHT MIT DEINEM BLUT BEFLECKEN. DU WIRST SO STERBEN, WIE EIN VERRÄTER STERBEN SOLL... MIT DEN SCHLANGEN...
AAAAARR
DIESE MÖRDER OHNE GESICHT, DIE DU ZU UNS GEFÜHRT HAST, DIE NICHTS ANDERES KÖNNEN ALS TÖTEN, DIE NICHTS ANDERES LIEBEN ALS TÖTEN...
POLICE
DU WIRST ZWISCHEN DIESEN HUNDEN STERBEN. UND WIR WERDEN UNSERE WUNDEN PFLEGEN, DIE KÖRPERLICHEN UND DIE SEELISCHEN... DEIN NAME WIRD AUS UNSEREM GEDÄCHTNIS GESTRICHEN...
ADIEU, VERRÄTER!
45

ICH HATTE WEDER DIE KRAFT NOCH DEN WILLEN, MICH ZU VERTEIDIGEN... ICH WAR VERLOREN... UNWIDERRUFLICH VERLOREN...
ALLES WAR INNERHALB WENIGER MINUTEN ZUSAMMENGEBROCHEN... DIE BULLEN, DIE MICH NUR BENUTZT HATTEN... MEINE VERBINDUNG ZU IHNEN, DIE AUFGEFLOGEN WAR... MEIN EINZIGER FREUND, DEN ICH GETÖTET HATTE...
WAS SOLLTE ICH ALSO PROTESTIEREN? ICH WAR SCHULDIG...
WOLF PEARSE, MARIONETTE, VERRÄTER, MÖRDER...
ALLEIN, VERLASSEN, VERFLUCHT UND SO GUT WIE TOT...
FORTSETZUNG IN BAND 2